加害者

ASSAILANT

YUMI TSUJIMOTO
辻本夕美

文芸社

CONTENTS

加害者

ASSAILANT

小さなこと……6
誰に……8
糧……10
凍った偏見……11
金……13
イコール……14
それでいいはず……16
解放……18
強さ……20
そのまま歩いてる……22
ミヨウミマネ……24
破片……26
HIGH LOW……28
最高の笑み……30
Fat Girl……31
前《むかし》の友達……32

あの子……34
いやすい場所……36
種……38
質問せずに……40
うちへ帰ろう……42
遠退くこと……44
傷つけられた人……46
冷たい面《つら》……48
残酷な性……49
TOY……50
痛みが聞こえない場所で……51
俯せ……52
せめてもの慰め……54
最後まで……56
霧……58
成功……59
いけない……60
そのままにして……62
墓穴……64
紫……66
知ってる顔……67
真似……68
Anne……70
中毒者……71
砂……72
ハムスター……74
SHOW……76
壊れた涙……77
夢中……78

加害者

小さなこと

正しいか間違ってるかなんて
自分の快感しだいさ
不快ならばそういつでも止《や》めれた

子供の頃　憧れたものは
大してないさ
けっこう冷めた子だったから
今頃になって憧れるのは
小さなことさ
けっこう成長なんてしてないから

正しいか間違ってるかなんて
自分の快感しだいさ
快ならばそう今からだってやれる

加 害 者

子供の頃　怖がったものは
見えないものさ
手を伸ばすのはプライド傷付けた
今頃になって怖がるものは
見えてるものさ
手を伸ばすのは逃げじゃないと信じたい

誰に

映画見終わると
長く深く眠っていた様な気がする
遠くから舞い戻る近すぎる想い
体中を針に刺された様に
強張ったまま目を見開いて動けずいるのを
誰に伝えられるだろう

夜明けを見つめると
強《したた》かに高く飛んで行ける気がした
過去から消え去る未来への幻聴
この身体をどこからも突き放された様に
とまどったまま口を開いて動けずいるのを
誰に伝えられるだろう

加　害　者

虚ろな目をして考えた
誰に伝えることができるだろう
いっそ静かに埋めてしまえれば……

糧

心配してくれる人は確かにいる
忘れかけてた温かなものを
瞼に重く乗せて
繰り返した
糧はいくらでもある
とどまることなく湧いてくるだろう

声かけてくれる人は確かにいる
忘れかけてた自分以外を
鼓膜に強く送って
繰り返した
糧はいくらでもある
とどまることなく湧かせられるだろう

凍った偏見

マザマザという声を発してる様な
あの退屈な水色の空に侵され
悪趣味で正直な水平を鳴らして
口いっぱいを噛み砕いたビスケットと共に
のみ込む
してきたことに勇気はいらなかったから
ないこと知らず
褒めることもしない
傷口舐めるあの味にさえ
偏った興奮を抱く

ギラギラという音を発してる様な
あのイケてる太陽光線を浴びつつ
Highでニヒルな身体を揺らして

咽いっぱいを無理強いしたビタミン剤と
掻き混ぜる
見てきたものにノーマルはなかったから
あること認めず
探すこともしない
火傷燃やすあの摩擦にさえ
凍った偏見を抱くのだろう

金

全てが面倒なんだ
ただ金が欲しいだけだろ
腐った頭は嘘の匂いがする
骨まで来れば瞬きは忘れて
よどんだ目にはもう何も映らない

全てが厄介なんだ
ただ愛が欲しいだけだろ
甘えた体は臆病の匂いがする
骨まで来れば筋肉も当然
表情ない顔はもう何も伝えられない

イコール

ヒロインになりたがってる
考えてる様な表情浮かべて
悲しみ抱きしめてる
形容詞沢山並べて
弱いどころか甘えてる
自分の非を知ったかぶりして
そういつも
辞めると逃げるはイコールじゃない？

痛がってる
軽いケガこじ開けて
喜びを探してる
自然に感じられると言いながら
淋しいどころか寒い

変な壁つぶせないまま
そういつも
辞めると逃げるはイコールじゃない??
それ以上のものを見に行かなかった言い訳

それでいいはず

見えないものが確かにある
苛ついてると消すことを考える
涙が出にくくなっては
問題ないのに
膝抱えないでいいのかと問うたりする
顔あげて風を迎える
それでいいはず

闇には確かに何かある
外ばかり見て忘れたと唱える
笑うのムリしてないつもり
問題ないのに
鏡に目を合わさなくていいかと問うてみる
顔あげて雨を受ける

それでいいはず
それでいいはず

解放

自分責めてたけど
さほど正しくなかった
動けなかったんじゃなく
動かなかったんだ
受動的なら疑うべきだ
もっとほら
はっきり言えるだろう
解放された今ならば

自分罵《ののし》ったけど
さほど的射てなかった
辞めたんじゃなく
始めていたんだ
窮屈だと体が叫んだら疑うべきだ

もっとほら
はっきり言えるだろう
本気を探せる今ならば

強さ

人は淋しすぎると何するだろう
それでも生きてけるのは
まさかと思ってた「慣れる」ということ
支えは些細な義務
それだけだろうか

一つどうしてもしたくてすべきことがある
それを成し遂げたアタシに
また淋しさは舞い戻るだろうか

人は悲しみすぎたりするだろうか
それこそし得ないなら
まさかと思ってた「抱える」ということ
支えは強引な時の流れ
それだけだろうか

一つどうしても頼ってるものがある
それを吸い込んだアタシに
少しは強さ宿るだろうか

そのまま歩いてる

寝ボケてるの気付かれないように
ハッキリと大きな声で話す
不機嫌も隠せてないまま……
どこかへ帰りたい
どろりとした涙こぼせるところ
誰かに抱かれたい
興味本位の質問をしない人

眠ってないの知らせる為に
必死でメールを返す
少し淋しさ浮き出してる
どこかへ埋もれたい
取り乱しても気付かれないところ
何かに喰らいつきたい

全て投げても惜しくないもの
自分でもどうしていけばいいか
どれが自分のベストかなんて
本当は分からないまま歩いてる
そのまま歩いてる

ミヨウミマネ

体をくねらせて
ミヨウミマネの声を洩らす
少しの抵抗は
口にしたくない言葉の代わり
強張ってた体が解《ほど》ける様な感覚に
もう一度声を洩らす

口に加え込んで
ミヨウミマネの愛撫をする
嘘でも言ってくれる
「気持ちいい」はある種の優しさ
肩モミしたげた母親と同じでしょ
もう一言も発したりできない

加　害　者

何か忘れてるのかも知れない
そんなに昔のことでもないのに
何かを忘れてるのだろう
遠くに蒼白く火が灯って
ただぼんやりと揺れている

破片

余地もなく即出した答えに
気軽な褒め言葉
まるで譫言《うわごと》の様ね
心ありかなしか
アタシには悟ることなどできない
あなたにこの切なく不自由な想いを
伝える術にありつけぬまま時は過ぎ
小さく鋭利な破片を残している

余地もなく手抜きした抵抗に
義務的褒め言葉
まるで春風の様ね
体触れてるのに
アタシには追い着くことなどできない

あなたにはこの甘く悲しい願いなど
届けることすら無意味と鎮めて
小さく鋭利な破片残してる

HIGH LOW

「解る」と言わないで
落ちて行きそうだから
干渉は1mmもしないで
肋《あばら》だけ束縛して欲しい
赤い花の情熱で火傷できたら
HIGHは瓶から注がなくて済むでしょ
アタシから言わせて
何もいらない　何もいらない

「起きて」と言わないで
眠れてもいないから
夢からは1mmも出ないで
体だけ覚醒させて欲しい
赤い花の頑強で凍傷できれば

加　害　者

ＬＯＷを他人の手から施されなくて済むでしょ
アタシにも言わせて
全て欲しい　全て欲しい

最高の笑み

理解者ぶった嘘つき達に気付かせてやる
利口なのはアンタ達じゃない
危険そうな橋の入口でアタシの背中押す
親切ぶった人達に気付かせてやる
性格いいのはアンタ達じゃない
時々振り向くアタシに最高の笑みを送る
ふざけた人達に気付かせてやる
カナリダサイのはアンタ達だって

言っとくけどアタシには
腐った死体の手を握り返す趣味はない

Fat Girl

まるで見る気もしない
丸々太って冷めた目してる
愛情の言葉にはエンマークが散らつく
なりたくないと願う
じっとしてる意味はない
引き摺り込まれる前に脱出する

悪いけどアナタこそマイナス
大きな声と素に戻る顔
時々弱くなる声にいい加減さが宿る
なりたくないと願う
くたばってる意味はない
呑み込まれる前に脱出する

前《むかし》の友達

前の友達に会って
皆どんなこと思ったりするだろ
アタシの淋しさ
誰も悟ったりはしないだろ
ズレてるのは
とてもはっきり分かるだろ
どうしても交わる感じしないだろ
大口開けて笑ってるの
乾いた空気に咽いためながら

前の友達に会って
皆いろいろ言ったりするだろ
アタシの苛立ち
誰かは感じているだろ

不快なのも
本当ははっきり分かるだろ
どうしても溶け込む感じしないだろ
大口開けて飲んでるの
乾いた空気に溺れぬように
BYEBYENICEGIRLS

あの子

あの子を失くした
あんなに見せつけられた笑顔さえ
リアルに思い出せない
あの子を失くした
こんなに悲しいなんて胸をさらけて
言える気もしない
あの子を失くした
どんなに自分が毒づいたのか
一つ一つ繰り返してみる
あの子を失くした
いつも心なく接した分の
罰がやっと返ってきた
ただそうしてまたアタシは救われた

また救われてしまった

いやすい場所

結局アタシは
言葉を吐きやすい場所にいる
庭に放された飼い犬の様に
本当は冒険などない
欲しくはない限られすぎた空間
欲しくはない与えられたエサすら
欲しくはない　欲しくはない

結局アタシは
居眠りしやすい場所にいる
籠の中の鳥の様に
入り込まない指だけ構い返す
欲しくはない同じ匂いの風
欲しくはないかわいそがろうとする手も

欲しくはない　欲しくはない

種

大切なこと聞かずに
はなれた背中向き合わせてる
抑えるのに慣れた苛立ちでも
少しずつ重なって暗い色してる
いつからだった？
理屈では知ってる
種はアタシがまき散らかしたんでしょ

大切なこと言えずに
はなれた心一つの部屋に浮かべる
抑えるしか術のない口には
少しずつ伴った淋しさが潤《ほと》びる
いつからだった？
理屈でしか知らない

種はアタシがまき散らかしたんでしょ
二人の間にあったものが思い出せない
きっとこのまま思い出せはしない

質問せずに

唯一好きなのはこの水色のシーツ
いつも俯《うつむ》きで溺れる様に目を閉じた
質問せずに
質問待ってる子供染みたアナタを
見たくなくなる
だからってこの身体は
置き場所を既に失くしていた

次に好きなのは一人ココにいる時
二人でいる時より「孤《ひと》り」じゃない
責めたりせずに
ただ黙ってる大人ぶったアナタを
見たくなくなる
そうやってこの願いは

行き場所に既に辿り着いた
だからってこの身体は
置き場所を既に失くしていた
そうやってこの想いだけ
行き場所にすぐ辿り着いてしまう
だからってこの身体は……
こうやってこの願いは
身体を置き去りにしてしまった

うちへ帰ろう

心地の悪い自転車の後ろにまたがって
居心地の良すぎた彼女の背を見る
風に押された彼女の髪に触れる気しなくて
何て言ったか聞こえないまま黙ってた
うちへ帰ろう
彼女のじゃなくアタシの

心地の悪い感覚に頭の中だけ抑えられ
居心地の良すぎた怠惰を見る
キレイに揃った灰色の繊維はぼやけて
何か不快をうたってることだけ分かった
うちへ帰ろう
彼女のじゃなくアタシの
真実を探ろう

彼女のじゃなくアタシの
夢を見よう
一秒前よりもリアルに

うちへ帰ろう
彼女のじゃなくアタシの

遠退くこと

お互い離れること
どのくらいに考えてるのでしょう
例えば
愛想程度のお別れの場も持つ気はサラサラ
そんな感じでしょうか
思わなかったこんな関係
淋しいもんだ
なんて言葉もあなたにはきっと
期待できないのでしょう

存在遠退くこと
どれくらいに受け止めてるのでしょう
例えば
まるで会わなかった様に思える程サバサバ

そんな感じでしょうか
思わなかったこんな関係
元気でね、また
なんて言葉もアナタには絶対
期待できないのでしょう

だけど、
さよならという
その言葉はお互い口にしなかった——

傷つけられた人

中途半端な言葉で
傷つけられた人がいる
泣き顔は安易に浮かぶ
信用ぶった安心を作らせてたのか
それはとても容易だった
「アタシを信じて」
それさえ口にしなければ十分だったから

深いふりした言葉で
感動した人がいる
アタシと言えばただ単にそう
舌を出して笑った怺《こら》え切れずに
それはとても容易だった
「アタシを信じて」

それさえ口にしなければ十分だったから

冷たい面《つら》

冷たい面した冷たい奴が
他人の事考えてる様な言葉を並べる
とてもくだらない
黙って喰えやしない

冷たい面した冷たい奴が
他人の事想ってる様な言葉を並べる
とても汚《けが》れてて
黙って見てられない

冷たい面した冷たい奴が
今まだここで
腐った言葉を並べて歩く

残酷な性

後悔し得ない経験と
忘れ去りたい立場
認識してたい感覚と
逃げ切りたい義務
答えは
悪趣味で残酷な性の
惨めな加害者

間違いではない行動と
伝え切れない理由
携えてたい考えと
絡み付く軟弱さ
答えは
偏見にまみれた残酷な性の
惨めな加害者

TOY

冷たいソブリ見せつけたね
謝りはしない
未だ間違いは犯してないと思ってるからね
小さな心傷つけたこと
それだけは何度も悔んだ　今でも
そんなことではどうにもならないけど……

ただしどうしても分かって欲しかった
それだけだった
それだけだった

薄暗い明かりの中
誰かを待ってる君がいた

痛みが聞こえない場所で

すぐにやんでしまった雨に
右手の塞がりを握りしめる
あんなに脅えたことを体中に受けつつ
なぜ楽だか分かる気がする
痛みが聞こえない場所で
ただ一人甘え剥《む》き出しの裸でいられるから

すぐにやんだ涼しい風に
無理矢理髪をさらす
あんなに震えたことを忘れはしないまま
なぜ苦しまないか自覚して
痛みが聞こえない場所で
ただ一人シカトを続けて眠りつけてしまう

俯せ

目頭で脈打つのは
理由却下の疲労
遠くで淋しさちらかすカナキリ声に
自分の姿見た様で
弱き集合を強く握られた気がした
明日もきっと俯《うつぶ》せに寝るだろう
それでやっと眠りを辿れるのだろう

頬であり余るのは
勘違いしてる脂肪
続かず早くも止んでしまった大雨に
自分の姿見た様で
浅き行動を深く剔《えぐ》られた気がした
明日もきっと俯せに寝るだろう

それでやっと眠りを辿れるのだろう
そんなことでどうせ眠りを辿れるのだろう

せめてもの慰め

むいてもらった冷たいままのリンゴや
タクシー乗場の独特の匂いや
指に付いたペンの跡
全て過ぎ去るものと知ってるから
よく泣きもして笑いもするし
強いとか言われても
ただ無神経なんだと知ってるから
他人に対する自分の責任も負えない
情けなさも知ってだけいるけど
最後に下した自分の判断
誰かのせいにしないと生きてけない程の
臆病者とは区別できるでしょう

グロスにまとわりつく長い髪や

加害者

視線奪われる他人の細い脚
体重に手伝わせて調節するイスも
日常すら過去になると知ってるから
よくしゃべって怒りもするし
エライなんて言われても
自分こそ口だけと分かってるから
他人に対する気転なんかも回らない
おバカなのも分かってだけいるけど
同じ様に自分もした行動
誰かだけを悪いと言い張ってしまえる程の
自信過剰の人とは区別できる様にしてく

加害者のせめてもの慰め
加害者のせめてもの慰め

最後まで

甘えた思いで過ごす日常が
身体を疲れさせ
混ぜてはいけない一つ一つが
同じ色に染まって寝起きを濁す
吐き気がする程無理強いしても
最後まで呑み込めないまま
繰り返す
何もかも忘れることすら望まずに
お道化と不機嫌交互にくるのを
顔に露出させ
言葉にはすべきでない全てが
散らばり始めて安定を乱す

鳥肌立つ程ふざけてみても
最後までは笑っていられず
震えてる
何もかも忘れることすら望まずに

霧

走り込んだのは霧の張る森
放されてはいない
逃げ回るほどに
罪は重くなるばかり
霧と共に冷たく立ち籠める

身を隠したのは霧の残る木陰
忘れられてはいない
逃げ回るほどに
外観だけが目立つ
霧の様にいつか晴れたりはしない

成功

あなたからの着信に少しくらい怯えても
きっとアタシ
逃げ続けることにまた
成功してしまう　逃げ切れないまま
あなたから「最後の電話」切願されても
きっとアタシ
それすら応えないままに
成功してしまう

あまりにも勝手に祈った
許さずにいて欲しい

いけない

何がいけないのだろう
食生活は変わったけど健康なはず
何がいけないのだろう
トイレで跪《ひざまず》いて両肩を上げる
何がいけないのだろう
おなかの痛みが胸元突き破る
何がいけないのだろう
乾いてた気がした目を雫が濡らす
何がいけないのだろう
ストレスなんてあり得ない無神経さ
何がいけないのだろう
全ての罪に感心されない情状酌量付き
あぁそれがいけないのだろう
許してと乞う事もしないから

そうそれが当たったのだろう

そのままにして

失くしたものを拾い集めたりはしない
ちぎれた想い縫い合わせたりはしない
ただそのままにして
傷《いた》みとして返るまで
まだきっと足りてはいないから

壊したものをたて直したりはしない
刺された凶器抜き取ったりはしない
ただそのままにして
ただそのままにして
傷みとして返るまで
まだまだきっと足りてはいないから

ただ受け入れて

傷みとして返るまで
まだきっとか弱い子達の傷みには足りない
まだまだきっと足りてはいないだろうから

墓穴

全てはアタシの内にアリ
拒めず
否めず
弱いが故に問う可能性ですら
結局墓穴掘っている
かわいそがれずに
乾かず開け広げた傷口と共に
空腹までも忘れようと曲達に身を揺すった

全てはアタシの中にナシ
誘わず
惑わず
暗いが故に求める明かりですら
結局墓穴照らしている

立ち向かえずに
迷わず鍵閉めた急所と共に
備忘録まで消し去ろうと曲達に胸焦がした

紫

初めて会った時に負けず
彼はある種帰って来た
そしてアタシは体温をここに戻した
初めて会った時に劣らず
彼はある日孵《かえ》っていた
紫色の羽根を見せつけながら

知ってる顔

知ってる顔で吹き出された煙は
嫌なにおいがした
それで口を噤《つぐ》んで初めて
無駄口たたいた自分に気付く
何かを求めるのは
自分にだけで十分で
喰い縛った歯の痛みすら
凶器に変えられるだろう

何度も見るのは幻じゃないから
何度も欲するのは偶然じゃないから

真似

尊敬する人の言葉を後追いして
さも自分の言葉の様に吐いてる
真似でしか生きてけないなんて
やっぱり思いたくないから
誰よりも早く
全ての答えを見つけ出したい
この身を削ってでも

目新しい人の言葉を後追いして
さも理解してると思い込んでる
真似でしか生きてけないなんて
やっぱり思いたくないから
誰よりも広く
全ての答えを把握したい　終われないけど

この身を削ってでも

Anne

締めつけられる様
生きてる一言一言が
消された命に繋がる
雨に濡れてよれた表紙が
彼女への切なさを持て余す
遠い時代の
限りなく近い想いを
人々はどこまで抱えていけるだろう

中毒者

何かしようとしたかもしれない
他人が眠る時目を閉じずに
ヘッドホンから響く世界で
全部塗りかえられると思いたがった
ニセモノの中毒者
他には何も聞こえないふりしてた

何か見ようとしたかもしれない
他人が働く時気怠く外歩いた
ヘッドホン破《わ》れる様な声で
全部掻き消せると思いたがった
ニセモノの廃退者
他には何も欲しくないふりしてた

砂

まだ思ってる
あの時あれ程言葉失くしてなければ
少しはマシな接し方してもらえたかもと
消えてしまえばと思えなかった
アナタの顔も声も匂いも
砂時計の様にこぼれて永遠に止まらない
どんなに望んでもそれは
アタシでは止められない

まだ考えてる
いつでも成長した様に見えたなら
少しはマシな過去と思い直してくれないか
見なければとも思えなかった
アナタのギラついた目も笑顔も

砂時計の様にこぼれて永遠に止められない
どんなに望んでもそれは
アタシには止められない
アタシには止められない
まるで及ばない
アタシには全然止められない

ハムスター

体だけ動かすアタシは
飽くなく走るハムスターの様
それでも
何してるのか
何したいのか
よく分かっている
時計の針にはもう押されなくなった解放が
アタシを生かしてくれるから

震えを忘れたアタシは
表情失《な》くして石の様
それでも
どこにいるのか
どこ行きたいのか

よく知ってる
時計の針にはもう押されなくなった孤独が
アタシを包んでくれるから

SHOW

くたくたになった事ないだろ
涙は枯れていないだろ
問題なくきてるだろ　本当は!!
1、2、3でSHOWは始まる
マイナスからでもSHOWは始まる
一人よがりのSHOWを始める

ズタズタになった事ないだろ
悲しい顔は演技なんだろ
本題なくきてるだろ　本当は!!
1、2、3でSHOWは始まる
今更からでもSHOWは始まる
自画自賛のSHOWを始める

壊れた涙

覚醒されてる頭に影響されて
震え抑え切れない両手
空腹は舌をひどく濡らし
全てを浸してしまった
与えられてる役割を無視して
何も引き摺らずに
先までしびれた足で歩く
傷付きはしない　ずっと
傷付きはしない　きっと
壊れた涙に性格など認めてあげない
傷付きはしない　きっと
傷付きはできない　ずっと

夢中

悲劇のヒロインぶる資格を奪われた昔から
アタシは何も他人のせいになどしなかった

夢中になっては
冷静さを欠いて
周りを傷付けた
それなのに後悔などしていない
いつでもアタシはアタシに最善を尽くした
いつでもアタシはアタシに最善を尽くした

誰のことも喜ばせられずに

いつでもアタシは

著者プロフィール

辻本夕美（つじもと　ゆみ）

1979年生まれ。
大阪ビジネスカレッジ専門学校卒業。

加害者

2001年 11月15日　初版第1刷発行

著　者　辻本夕美《つじもとゆみ》
発行者　瓜谷綱延
発行所　株式会社 文芸社
〒112-0004　東京都文京区後楽2-23-12
電話　03-3814-1177（代表）
03-3814-2455（営業）
振替　00190-8-728265

印刷所　平河工業社

ISBN4-8355-2666-X C0092